아내가 웃고 있다

소통과 힐링의 시

아내가 웃고 있다

오세주 시집

출판안

소통과 힐링의 시

아내가 웃고 있다

초판 인쇄 | 2016년 2월 15일
2쇄 발행 | 2016년 6월 03일

지은이 | 오세주
펴낸곳 | 출판이안

펴낸이 | 이인환
등 록 | 2010년 제2010-4호
편 집 | 이도경, 김민주
주 소 | 경기도 이천시 호법면 단천리 414-6
전 화 | 031)636-7464, 010-2538-8468
팩 스 | 070-8283-7467
인 쇄 | 이노비즈
이메일 | yakyeo@hanmail.net
홈카페 | http://cafe.daum.net/leeAn

ISBN : 979-11-85772-23-3 (03810)

「이 도서의 국립중앙도서관 출판예정도서목록(CIP)은 서지정
보유통지원시스템 홈페이지(http://seoji.nl.go.kr)와 국가자료
공동목록시스템(http://www.nl.go.kr/kolisnet)에서 이용하실
수 있습니다. (CIP제어번호 : CIP2016001393)」

값 11,500원

서시

쓰다 쓰다
눈물 짓고
읽다 읽다
웃음도 짓는다

1부

세상 무엇과도
견줄 수 없는

세상 그 무엇과도 견줄 수 없는 _ 14

그 속에 아내가 있다 _ 15

다시 밟은 제주도가 속삭이다 _ 16

어쩜 저리도 행복해 할까 _ 17

맛나게 비벼주는 아내가 _ 18

괜스레 미안하다 _ 19

아내는 긍정마인드 _ 20

수건 하나의 사랑 _ 21

아내의 요리 _ 22

아내가 웃고 있다 _ 23

당신은 커리어우먼 _ 24

느낌을 아는 여자 _ 25

난, 사랑을 쓰다 _ 26

살며시 다가 온 그대 _ 27

마주 보며 잠시라도 _ 28

사랑 사랑 사랑 _ 29

2부

마음씨 고운
사랑에

감 따는 날 _ 32

겨울 땔감 _ 33

까치밥 _ 34

아버지가 오셨다 _ 35

아버지로 산다는 것은 _ 36

주동골 팔남매 _ 37

팔남매 _ 38

도라지꽃을 닮은 여인 _ 39

시골 처마 끝 _ 40

고구마 사랑 _ 41

산수유꽃 _ 42

김 장 _ 43

어머니 _ 44

아버지 어머니는 _ 45

끼니 걱정하던 때가 있었다 _ 46

산 _ 47

가을은 _ 48

장모님 사랑 행복사랑 _ 49

3부

눈을 비비며
다가온 그대에게

눈 _ 52

봄의 마음 _ 53

나는 산이 되었습니다 _ 54

걷는 것이 그대로 길이라고 _ 55

가로수 은행잎 앞에서 _ 56

사랑의 대화 _ 57

걸어가는 맛이란 _ 58

아름다운 드라마를 시청 중이다 _ 59

생각이 아름답다는 걸 _ 60

은행나무와 사랑 _ 61

친구라서 좋다 _ 62

귤 하나에 사랑을 담아 _ 64

노래방에서 - 65

겨울 사랑 _ 66

흐르는 강가에서 _ 67

4부

갈대 밭 풍경의
기다림으로

시를 짓다 _ 70

거울 앞에서 _ 71

낙엽을 밟으며 _ 72

저 창밖에 시를 쓰다 _ 73

겨울 창가에서 _ 74

저 하늘의 별을 따다 _ 75

웃다 보면 _ 76

문학이 말한다 _ 77

아프다 그러나 감사하다 _ 78

꽃샘추위 _ 79

내가 나에게 _ 80

난 시를 쓴다 _ 81

내면의 즐거움을 보았다 _ 82

겨울을 이기는 나무야 _ 83

걷는 즐거움 _ 84

대전에 가면 묵밥집이 있다 _ 85

5부

피어라
환하게 소담스럽게

봄 꽃 _ 88

봄을 그리다 _ 89

달을 그리며 _ 90

매점 앞에서 _ 91

옛 생각 _ 92

그 여름 _ 93

커피향 _ 94

누가 바다를 알까 _ 95

웃는 만큼 보인다 _ 96

들판에서 부르는 소리 _ 97

쭈꾸미 _ 98

갈대가 소리 없이 움직이는 건 _ 99

열심 그 뒤엔 _ 100

가을 설봉산에서 _ 101

가을 속의 풍경 _ 102

살 만한 세상이다 _ 103

6부

세상 다 얻은
표정으로

행복 독서로 여는 세상 _ 106

눈이 호강하는 날 _ 107

버스 안에서 _ 108

감사합니다 _ 109

설렁탕 한 그릇 _ 110

TV를 보면서 _ 111

도드람산 _ 112

숲 향기에 젖어 _ 113

수업시간에 _ 114

오늘이라는 시간 _ 115

영화관에서 _ 116

도시의 거리 _ 117

겨울 문턱에서 _ 118

겨울산행 _ 119

눈 내리는 아침 _ 121

7부

사랑하라,
사랑할 수 있을 때까지

사랑하라, 사랑할 수 있을 때까지 _ 124

너의 기쁨은 곧 나의 기쁨 _ 126

사랑하는 사람은 복이 있어라 _ 127

도전하는 자여 아름다워라 _ 128

산을 산이라 부르는 이유 _ 129

행복이란 _ 130

우리는 _ 131

나를 바꾸는 힘 _ 132

해바라기 _ 133

구 름 _ 134

눈 내리는 날 _ 135

거울을 보며 _ 136

웃어라 _ 137

그대여 _ 138

발문 일상의 쉬운 언어로 소통하는 시인 _ 140

1부

세상 무엇과도
견줄 수 없는

세상 그 무엇과도 견줄 수 없는

햇살이 따스하게 감싸듯
우리집엔 봄처녀가 있습니다

세상 그 무엇과도 견줄 수 없는
보석 같은 얼굴
솜씨 탁월한
재주꾼이 있습니다

세월이 가도
늘, 웃으며
미소로 대해 준
고마운 사람
그 이름
아내입니다

눈물도 흘렸지요
다툼도 미움도 있었지요

모든 걸 다 안아버린
지혜로운 그 이름
아내입니다

그 속에 아내가 있다

우물가 아낙네들
오래 묵은 정으로
씻고 절이고 다지고 버무리고
김치를 담느라 부산스럽다

무소유로 돌아간
배추 잎 사이사이에
익을수록 감칠맛 나는
삶을 버무린다

독안 가득 담겨진 손맛이
차곡차곡 채워지고
배추 속 같은 노란 웃음꽃이
골목골목 피어나고 있다

다시 밟은 제주도가 속삭이다

제주도를 밟았다
미안함이 드는 이유는 무얼까
미소 가득 아내를 보며

추억을 담아 올린다
서귀포
마라도
우도에서

사랑해
미안해
아무리 되뇌어도
무슨 의미가 있을까

가까이 있어
소중함마저
잊었던 세월
제주도가 속삭인다

있을 때 잘하라고
가까이 있을 때
잘하라고

어쩜 저리도 행복해 할까

아내가 독해졌다
결혼 후
달라진 몸 때문이다

다짜고짜 요가란다
작심삼일일 거야
생각했지만
아내는 독했다

웃음을 찾았다
행복한 웃음을
어쩜 저리도 행복해 할까

맛나게 비벼주는 아내가

배고파
씩씩대며 들어오면
아내는 냉큼 받는다

자기야 비빔밥 해줄까
5분만에 완성이다
모양은 없다

참기름 송송
맛은 최고
장모님표 생채까지

서로 보고 웃고 떠들다
하루가 빛난다
맛나게 비벼주는
아내가 참 좋다

괜스레 미안하다

여보, 나 외출해도 돼요?

일을 마친 아내가
지친 음성으로
넌지시 말문을 연다

쌀쌀한 날이다
추운 기색도 없이
아내는 외출을 한다

얼마나 흘렀을까
양손의 쇼핑 백
덥석 입어 보란다
따뜻한 겨울 잠바

나만 챙긴다
괜스레
미안하다

아내는 긍정마인드

일정을 세운다
새벽부터
책을 보고
음악을 듣고

미쓰 때
근무하면서
터득한 노하우란다

언제나 웃는 얼굴
한결같다

그 속에 가족이 웃는다
내가 웃는다
우리가 웃는다

수건 하나의 사랑

사랑이라 부른다
구석구석 닦아주며
웃음 주고
사랑 주는 마력

웃음 하나에
사랑을 노래한다
우리 서로
접는 방식은 다르지만

조그만
손놀림
그 안에서
수건 하나의 사랑을 그리고 있다

아내의 요리

장터 사이로
형형색색 천막들
즐비한 재료들

아내와
모처럼
장터 삼매경에 빠지다
사람구경 제대로다

집안 가득
재료가 들어서고
이웃들과 함께 하는
요리들
찬은 없어도
그저
함께 함으로
비로소 웃음이 넘친다

아내가 웃고 있다

사랑하는 아내가 웃는다

얼큰한 뚝배기
마늘 쏭쏭 된장 파
사골국물에 찌개 준비
캬,
본인은 현모양처란다

그렇다 아내는
음식도
내조도 최고다

아내가 웃는다
사는 게 즐겁다고
지나 온 시간보다
앞으로의 시간을
기대함으로

소소한 일상으로
오늘도
아내가 웃고 있다

당신은 커리어우먼

빨강 입술 사이로
포인트 립스틱
하나로 꾸며본다

때론 당당한
직장에선 리더로
당당한 커리어우먼으로

포인트 일상으로
오늘도
립스틱 바르고 출근한다

느낌을 아는 여자

흐름을 기억하듯
꽃을 좋아하는
당신상쾌함을 노래하듯
흥을 즐길 줄 아는 당신

환하게 웃을 줄 알고
커리어우먼처럼
자기만의 세계를
소개하는 낭만이여

단아한 모습처럼
세상을 기뻐하는 당신
느낌으로 다가서는
아름다움이여

생각보다 더 고운
사랑보다 더 귀한
아름다운 당신은
느낌을 아는 여자랍니다

난, 사랑을 쓰다

침묵으로 살아 온 세월들
가슴 가슴 긴 시간들
쓰고 또 쓴다

사랑할 수 있다는 건
누군가를
이해하는 것

말 못하고
멀리 있어도
사랑하기 때문이리라

왜 몰랐을까
오랜 세월
진한 사랑 숨어 있음을

세찬 바람보다 더 강한
갈망으로
난, 사랑을 쓰고 있다

살며시 다가 온 그대

사랑하나요?
살짝
다가 온 그대

음악이 흐르는 찻집
노래 신청하다
마주보기

봄 하늘 수놓을
나비들보다
아름답고 세련된 그대

표정은 호호
입담은 최고
살며시
다가온 그대

마주보며 잠시라도

걷고 걷는다
대학로 명동
인사동 거리를

분수처럼
시원한 발걸음
달콤한 시간들

공간들마다
고운 노래로 들려준다.
마주보며 잠시라도

우리는 왕자와 공주
만남이 주는
최고의 선물

사랑 사랑 사랑

세 번 부르다
백 번 노래하다
천 번을 외치다

가슴마다 옮기고
옮긴 단어들
사랑이라 부르다

그 사랑이 살짝
고개를 드리울 때
또
사랑을 노래하다

살며시
사랑 사랑 사랑
사랑을 부르다

줄줄이 자식 사랑

　피곤함도 잊은 채

주름 진 얼굴로

2 부

마음씨
고운 사랑에

감 따는 날

홍시 홍시 열렸네
늦가을 서리 내릴 즈음
길게 늘어진 가지에

온 동네 꼬마들
옹기종기 모여 앉아
떡 벌어진 입 안에

산촌 처마 끝
닭 울음도
즐거워 하하하
화답하는 날

싱글싱글 온 가족
감으로 범벅이 돼도
크크크 웃다 보면
하루가 간다

가진 것 없어도
행복한 날
오늘은
감 따는 날

겨울 땔감

찬바람 불면
어머니는
산에 오르셨다

찬바람 아랑곳 않고
뜨거운 입김 날리며
솔가지며 장작을 들어 올렸다
가녀린 등허리에

온기 없는 방바닥에
어머니 손길 닿으면
엉덩이 뜨겁도록 동생과
낄낄대며 웃었다

장작더미 숯검댕이
고구마 하나로
겨울을 노래했다
하루를 감사했다

까치밥

서리가 내렸을까
한 해를 잘 견딘
감나무 가지 끝
까치밥이
생글생글

어쩜
저렇게 예쁜
까치밥을 남겼을까

마음씨
고운 사랑에
온 동네가
포근하다

아버지가 오셨다

아버지가 오셨다
아재네 벼 추수하신다며
서둘러 해질녘까지 옮겨야 한다며
주름진 얼굴에 땀방울 가득
아버지가 오셨다

가난은 부끄러운 게 아니다
정말 부끄러운 건
배우지 못한 것이다
입버릇처럼 늘
타이르시던 아버지

비포장 도로 위
흙먼지 날리는 버스
정류장에 멈추면
기다렸다는 듯이 다가와
구깃구깃 용돈 넣어주시던

팔순을 넘어서도 여전히
자식 걱정을 두른 채
응원하시는 아버지
아버지

아버지로 산다는 것은

하루 고단함도
내일의 편안함도
쉬이
내려놓지 못하고서
그저
책임감 하나로 지키는
그 자리

눈물 한 방울
가벼이 보이지 않으려
자식들 눈에 보일라
홀로
뒤돌아 훔치는
사랑 안에
흐르는 세월

아버지로
산다는 것은

주동골 팔남매

어머니는
늘
인정이 많으셨다

아버지는
언제나
사랑이 크셨다

세상에서 가장
좁다란 골목
온 동네 사람을
가족이라 여겼다

그 안에 팔남매
행복을 꿈꾸며
세상을 펼쳐들었다

다복하게 세월 흘러
팔남매 며느리
사위까지
주동골 경사났다

팔남매

일 많이 하셨다
아버지 어머니

팔남매를 거두시려
봄
가을
쉼 없이 들판을 누비셨다.

가슴가슴마다
자식 사랑으로
환한 미소로
허드렛일을 감수하셨다

어머니는
늘,
기도로 새벽을 열며
내 주를 가까이 하게함은
읊조리셨다

복사꽃 향기 가득한
주동골 언덕에
팔남매로
줄줄이 웃고 있다

도라지 꽃을 닮은 여인

파란 눈망울로 잎을 엮어
청순하게 치켜세우는
복스런 꽃이여
뭐가 그리 좋아
시골집 뜰 안에 웃고 있나요

마음 마음마다
희망을 주고
살랑살랑
춤을 추고 있네요

세월 흘러도
언제나 그 자리
오선형 쪽빛으로
사랑을 품어 올린
꽃이여

영롱하고 해맑은 이십대
생기 어린
순수한 마음으로
큰 세상
품어 올린 여인이여

시골 처마 끝

말할까 전할까
설레임으로 다가갈 때

고개를 끄덕이며
동감할 때

예쁜 마음으로 다가 온
정성 가득한 시간이다

시골 처마 끝
어머니 정성
그 사랑
그 모습

세상을 깊게 비추는
등불이 된다

고구마 사랑

고구마 삶아 담아 올린다
그윽한 냄새 풍기며

시골 향 가득한
맛스러운 간식

어디서나
다가서는 그 맛

모양은 다르지만
맛은 일품

하루를 즐겁게 할
나의 스테이지

오늘도
하루가 즐겁다

행복에 젖는다
고구마 사랑으로

산수유 꽃

고목에 머문 세월
흔들리는 가지마다
절제된 기다림

벌과 춤사위라도 하듯
향기를 발하고 있구나

무얼 그리 노래하고 있는가
봄의 향연을 기다리며
늦겨울 꼬리 흔드는
찬바람 속에도
환한 미소 열어 보이는

노란 물결로
유혹하는 망울로
스며 든 봄이여

김장

손이 간다
하얀 속 배추도
깍두기 무도
아내 손이 간다

늦가을 정취보다 더 고운
어머니 손맛
손길 손길마다
고춧가루 듬뿍

행복한 겨울채비
동네방네 들썩거린다

시렁시렁 걷어 올린
시래기 하나에도
온 가족 땀방울 적시면
한 겨울 준비 맞이
풍성하다

어머니

낮에는 해가 으뜸이고
밤에는 달이 으뜸이듯이
제 가슴 깊은 곳에는
당신이 자리 잡고 계십니다

공부를 많이 한 적은 없지만
사람이 지켜야 할 도리를 아셨고
신통방통 자식의 병을
손바닥 하나로
다스리신 어머니

밤이나 낮이나 밭고랑 논고랑을
벌레처럼 기어 다니며
내리사랑이 무엇인지
몸소 행동으로
보여주신 어머니

이미 이 세상을 하직한
당신의 이름 속에는
눈물이 그렁그렁 들어 있습니다
앞모습 뒷모습
그리움이 들어 있습니다

아버지 어머니는

아버지는 밭을 일구셨다
눈만 뜨면 들에 나가
하루를 보내셨다
어머니도 오순도순
땅을 파며
노래를 읊조리셨다
줄줄이 자식 사랑
피곤함도 잊은 채
주름 진 얼굴로
껄껄
행복해 하셨다

끼니 걱정하던 때가 있었다

석양이 지면 어머니는 끼니걱정을 하셨다
쌀밥을 임금님보다 귀하게 여기던 시절
하루 세끼 걱정에 넉넉지 않는 생활들
손을 부르트며 허드렛일 감수하던
그 시절

행여
남의 일 가서서
쌀 한 톨 당신 손에 안으시면
고봉 보리쌀 언저리에
살짝 얹어 두시고
아버지와 형님 몫으로 한 그릇
그런 시절이 있었다

산

산 산 산
마음을 헤아리는 산
어머니 같은

그 산 아래
희망이 있다
노래가 있다

말없이 바라보다가
넌지시 이야기하는
그 산 정기를

하루 하루
받고 산다
오늘도

가을은

가을은
어머니 같다
오색찬란한 옷으로
포근하게 감싸는
사랑

손을 들어 쉬어 가라고
아름답게 수놓을 줄이야
어머니 같은 섬세함으로

산사에도
길섶에도
수다스런 공원에도
아파트 밭 비추는
가을은 가을은
웃고 있다
어머니처럼

장모님 사랑 행복사랑

택배입니다
숨 찬 소리에 밖을 보니
사과박스 가득 차 있다
사위 사랑 가득 담겨 있다

겨우내 김장이며
과일이며 양파 대파 감까지
한 가득
사랑을 퍼 주셨다

어머니 일찍 여의고
텅 빈 가슴 어찌할까 했었기에
장모님 사랑이
곱절이나 감사하다

민들레며 대감이며
기관지에 좋다는 모든 약재들
손수 캐어 다리고 준비하신
장모님표 행복 사랑

백설이 춤추며 노래하는

　너의 숨소리에

세상은 아름다운 드라마를 시청 중이다

3 부

눈을 비비며
다가온 그대에게

눈

맑다
순수하다
깨끗하다
늘
이렇게

사랑도
우리도
언제나
해맑은
시간들

기다림
그
시간들도
하루 종일
내리는
눈처럼
기쁘다

봄의 마음

산등성 작은 마을
한 아름 달 떠오르면
아름다운 선율을 타고
아름답게 다가왔지요

봄꽃이라 했나요
예쁜 꽃봉오리
세상에 아름다운
미소로 전해주네요

그때는 참 그랬지요
무수히 배고팠던 시절
지나고 나니
봄으로 웃고 있음에

봄의 마음을 열어 보아요
희망으로 다가선
사람들의 노랫소리가
오늘도
내일도
함께 하고 있음을

나는 산이 되었습니다

산으로 갑시다
산으로 오세요

산산 부르는 동안
나는 산이 되었습니다

하루만이라도
파랗게 물들어서
안식처가 되어주고
이웃이 되어주고
샘물이 되어주는
나는 산이 되었습니다

걷는 것이 그대로 길이라고

모든 새끼들이
어미의 젖꼭지를 물고
허공에 매달려 있다

박쥐는
천장에
거미는
허공 한가운데

그 중에 거미가
손가락으로
손바닥에
글을 써준다

걸어가면 걷는 것이
그대로 길이 된다고

가로수 은행잎 앞에서

편지를 쓴다
살포시 떨어진
노오란 은행잎 사이로

편지를 쓴다
가로수 거리를 지나는
모든 이들에게
초록이 노랑으로 변하는
사연 사연마다

쓸쓸한 낙엽이 아닌
때론,
포근한 솜사탕처럼
쌓인 낙엽더미들
살짝
눈을 비비며 다가 선
그대에게
오늘도 편지를 쓴다

사랑의 대화

서로에게 힘이 되는 건
서로를 이해하기 때문이리라
술술 대화가 이어지는
어린아이와 같은 마음을

가로수 길 사이로
걷고 걷다가
허름한 카페에서
넌지시
다가 온
수다보다
아름다운
지난 이야기들

사랑하는 자들이여
그 예쁜 마음이
모여 모여 하나되어
사랑 그림을 이어간다

걸어가는 맛이란

길다란 호수
낙엽을 밟으며 걷는다

아주 조용히
운치 있는 호수 길이다

바람 따라 흩날리는
낙엽들 사이로
사랑을 노래한다
가슴으로 노래한다

노오란 은행잎
새빨간 단풍잎
오색 희망의 서약을
노래하며 방긋 웃는다

아름다운 드라마를 시청 중이다

깊게 사랑으로 수놓은
백설이 춤추며 노래하는
너의 숨소리에
세상은 아름다운 드라마를 시청 중이다

사랑을 속삭이고
기뻐 눈물을 전달하며
하얀 백지로 지나 온 세월을
희망으로 승화시킨
오늘 너는 행복의 주인공

세상은 아름다운 드라마를 시청 중이다
너를 본 순간
난,
이미 세상을 모두 가졌다

생각이 아름답다는 걸

사랑이 최고라는 걸
아는 순간에
그도 아름다운 걸
왜 미처 몰랐을까요

바라보고도 바라보고 싶고
손짓하면서도 손 흔들고 싶고
호수에 드리운
노을 진 석양
꽃이 피는 순간처럼
소중하다는 걸

아름다운 생각으로
기분 좋은 느낌으로
아름다운 하늘 아래
우리 이야기 있다는 걸

은행나무와 사랑

오백년 수령에 우뚝
산을 울리고 노래하듯
노랑 잎으로
다가 선
그

웃고 있다 지금
찾아오는 손님
반기는 몸짓이다
웃고 반기는
따스한 미소

지나 온 길
회상 하나로
행복하다
남이 보지 못한
사랑을 만났으니

친구라서 좋다

친구라서 좋다
생각하지 않아도
떠오르는 얼굴

세월이 흘러
겉모습은 변해도
여전히
곱디고운 심성
친구라서 좋다

사는 곳 어디라도
웃을 수 있고
푸념할 수 있는
친구라서 좋다

막걸리 한 사발에
맥주 한 컵
입 냄새 풍기는 투정부려도
인생을 즐길 줄 아는
친구라서 좋다

간간이 소식 주고
얼굴 내미는 친구라도
그저
친구라서 좋다

귤 하나에 사랑을 담아

담는다 사랑을
아주 작은 사랑을

부드럽고 달콤한 미소
타오르는 기분들
귤 하나에 가득
실어 보낸다

행복은 작은 마음으로
큰 사랑을 그리는 것

살살 문지르면
향기가 가득
활력이 넘치는 기분

겨울 겨울에
살며시 다가온
따스한 숨결

그 해 겨울은
그래서 따뜻했나 보다
귤 하나에 사랑을 담아

노래방에서

노래방에 간다
가족과 함께

아들들 신나서
발라드 한 곡조
오랜만에 듣는다

서로를 생각하는 시간들
웃고 즐기다
사랑이 싹튼다

함께하는 모습이 좋다
기뻐하는 모습도 좋다
행복한
우리는
노래방 가족이다

겨울 사랑

겨울을 본다
용평 스키장에서
대명 리조트에서

스키와 점프로
웃는 사람들 가운데
소박한 차 한 잔
겨울 사랑이다

연인들끼리
가족들끼리
다소곳이
웃고 떠드는 시간들

군밤 연기에 피어오른
시골스런 다정함
겨울 사랑

손 장갑 곱게 끼우고
넌지시
두 손 잡아 주던
겨울 사랑이다

흐르는 강가에서

강이라 부르지요
인생을
흘러 흘러
다 드러내지 않는
강줄기

그대는 누구기에
이처럼 아름답게
소리 없이
흘러 내릴까

가슴 속 깊은 사랑에
흐르는 물처럼
그 강가에
내가 서 있다

가슴은 타 들어가는데
　저 멀리 출타한 착상은
돌아오지 않고

4부

갈대 밭 풍경으로
기다림으로

시를 짓다

가슴은 타 들어가는데
저 멀리 출타한 착상은
돌아오지 않고 애태우는데

생각해서 쓸 수 있다면
애당초 시작하지 않았을 터
깊게 그려진 사색을 지나
마음으로 들이킨 내면의 실타래가
돌이킨 경험으로 승화되어
비로소 시를 짓는 것을

추억을 되씹다
고향을 그리다
어머니 인생 노래하다
동짓날 팥죽 한 그릇
눈물을 맛보았을 때
시를 짓다

거울 앞에서

거울을 본다
하얀 피부에
새까만 눈동자
누구일까

에메랄드처럼
빛나는 나는
오늘도 거울을 본다
표현하지 않아도
칭찬 받는 나
생글생글 웃는 얼굴

보는 그대로 보여주고
예쁘다 멋지다
묵언으로 바라보는

화장하지 않아도
최고야 네가
위로하고 격려하는
소중한 내 친구

낙엽을 밟으며

낙엽을 밟으며 걷는다
기다란 호수
살짝 음미하며 흘러나오는
스테레오 스마트폰
노래한다

아지랑이 피어오르고
숲 향기에 젖어
흥얼거리며
뉘엿뉘엿 저무는 해 사이로
추억을 담아 올린다

저수지 잉어들 장난기 어린
표정까지 보인다
멋스러운 풍경까지
담아 올리면
그대로 시인이 된다

저 창밖에서 시를 쓰다

흐리다 가물가물 내리던 비
안개 자욱한 도로 위에서
흐린 창밖으로 세상을 바라 본다

아무도 바라보지 않는 세상을
조용히 운전대 사이로
깊게 아주 깊게
응시하며 바라본다

분주한 사람들
빵빵대고 킥킥거리는
그 속에
흘러나오는 스테레오
음악소리 마음을 달랜다
시원함으로 달려 올
그 무언가에 실려
저 창밖에 시를 쓰고 있다

아무 것도 보이지 않는
암흑일지라도
창밖의 온기가 느껴진다

겨울 창가에서

백설이 뿌려진 날
나는 알았다
세상이 기뻐한다는 걸

시듦도 어려움도
그건
시간 지나 바람 불면
그저 춤추는 삐에로

하얀 커튼 사이로
보일락 말락
흩날리는 눈꽃들

차 한 잔의 여유
눈 쌓인 창가에서
진한 향내를 마신다

저 하늘의 별을 따다

칼바람이 뇌리를 스칠 때
조용히 눈을 감는다
나만의 자유다

차 안으로 스며드는 찬바람도
감기로 아픈 목젖의 고통도
잊는다 다 잊는다
한 편의 시를 보며

수 없는 별들이 나를 본다
그리고 말한다
세상에서 가장 귀한 자라고

세상을 안고 간다
저 하늘 위로
그리고
저 하늘의 별을 따다

웃다 보면

명상을 한다
피곤할 땐

상사에게 혼줄 날 땐
그냥 웃는다
하늘 보고

고객이 불만을 토로할 땐
뭐지 하며
커피잔을 들어올린다

버스 안에서 주책 떠는 손님을 볼 때
다음 정거장에 내린다
그리고 걷는다

웃는다 그냥 웃어 본다
웃다 보면 어느 새
사라진다

문학이 말한다

글을 배운다는 것은
세상을 알아가는 이치

글을 논한다는 것은
상대방을 이해하고자
소망하는 제스처

문학이란
소소한 일상의 기쁨
보고 듣고 말하는
기본에 충실하는 것

세익스피어
톨스토이 아니라도
날마다 누구나
주인공이 되는 것

그 문학이
말한다
살펴가라고

아프다 그러나 감사하다

어깨부터 허리까지
등짝 구석구석
통증이
시작된다

태어나 처음으로
겪는 이 고통
남들은 어찌 겪었을까

파스를 덕지덕지
소용없다
주사를 맞고
물리치료해도
그 때뿐이다

아프다 그러나 감사하다
평소 아프지 않은 게
얼마나 큰 행복인지
정말 감사하다

꽃샘추위

춘 삼월 향기
가득가득 주고파
땅에서 건져 올린
파릇한 기운들

햇살은
따스한데
온 몸을 휘감는
심술꾸러기

바람 불고 요란해도
싫지가 않으니
어쩌란 말인가
꽃샘추위

내가 나에게

눈을 뜬다 깊게
드리운 내면의 눈을 뜬다
가슴으로 안아 줄
눈을 뜬다

아침부터 저녁까지
읽고 쓰고 느끼고 생각하다
나는 나에게
물어 본다무얼 그리 행복하냐고

읽는 게 행복하다
말하는 게 행복하다
남을 위함이 아닌
진정
내 모습을 드러낼
순수한 모습이 있어 행복하다

계절이 오면
기뻐하고
계절이 가면
기대하는

난 시를 쓴다

사랑하는 이들을 위해서
난 시를 쓴다
공감하고 다가서는
축제를 위해서
난 시를 쓴다.

생각하다가
감사하다가난
시를 쓴다
깊이 있는 모습보다
공감하는 마음이 좋아서
난 시를 쓴다

좋다
대화할 수 있어서
시가 좋다
시쓰기가 좋다
그
마음이 좋다

내면의 즐거움을 보았다

창밖을 바라본다
무수히 흘러내리는 물방울
시키지 않아도 순리로
우주를 적시고 있다

창과 틈 사이로
그 안에 풍기는
온기
포근하다

사랑하기 딱 좋은
기억하기 아름다운
눈처럼 고운
아름다운 세상

겨울을 이기는 나무야

그저 바라보는 나무야
추위도 아랑곳 않고
동동 구르지도 않으며
앙상한 줄기만
홀로 서 있는 나무야

행복하구나
이 겨울 지나면
생동이 기다리니
새로운 삶이 시작되니

지금은
춥고 견디기 힘들어도
새싹이 돋고
온기가 오를 그날에

활짝 웃고 있는 너를
보겠지
나무야
겨울을 이기는 나무야

걷는 즐거움

걷다 보면
보이리라

화사한 꽃들
미소 짓는 무리

걷다보면
보이리라

무엇이 소중한지
무엇이 귀한지

대전에 가면 묵밥집이 있다

대전에 가면 묵밥집이 있다
구수한 토토리로
정성 담아 맷돌에 갈고 간
할머니표 도토리 묵밥집이다

없던
그 시절
멧돼지가 노래를 부르면
도토리 향기
오소리가 즐기던 시절
산을 오르며 줍고 주웠다

지금은 민둥산
울창했던 도토리 향기가
그득했던 그 시절
향수뿐이다

대전에 가면 묵밥집이 있다
할머니표 도토리 묵밥집이다

말하지 않아도
　　손짓하지 않아도
언제나 언제나

5부

피어라 환하게
소담스럽게

봄꽃

피어라 환하게
소담스럽게

대지를 적시는 봄향에
마음을 달래는
꽃들의 향연

말하지 않아도
손짓하지 않아도
언제나 언제나
따스한 향기

그대는
봄꽃

봄을 그리다

화사한 봄꽃 사이로
걷고 또 걷는다

겨울의 설움도
봄꽃 향기로 날려버리고
기뻐하는 설렘으로
봄을 그린다
더 없이 그린다
봄
봄을 그린다

함께 하는 사람들
오케스트라 연주처럼
마음이 녹는다

달을 그리며

저 하늘에 떠있는
내 맘은 무얼까

다가가 속삭이면
어느새 다가와
살짝 손잡아 주고

무얼 그리 비추시나
소원 하나 빌다 보면
입 맞추고 싶은데

투덜거림에도 말없이
온 세상을 비추는
그대여
백지보다 더 고운
웃음이여

오늘도 내일도
그린다
아주 선명히

매점 앞에서

달고나 쫀뜨기 알사탕
주인 아줌마 고함 소리에
장난기 넘쳤던
어린 시절

코흘리개 동생들
앞에 입맛 자랑
길게 늘어선 줄
새치기 일쑤

딱지치기에 홀딱
다른 한 쪽
사방치기 흠뻑

학교 앞 매점은
언제나 장사진

어디서 무엇을 할까
아련한 친구들

옛 생각

학창 시절에
산업 근로 시절에
구로에서
마산에서
창원에서
영등포에서
시간을 그리워하다
밤 하늘의 별을 헤아렸지요

낙엽 진 거리에
홀로 서면
어느새
옛 사람이
그리워지는 건
살아 있음의 증거

어느덧
중년의 세월을
활력으로 채워 갈 수 있음은
그래도
옛 생각이 주는 에너지

그 여름

하늘을 그리다 잠시
생각에 잠긴다

보리타작 서두를
부산한 유월 지나
산으로 바다로
뛰놀던 그 여름

햇살처럼 뜨겁던
얼굴 얼굴들
담뱃잎 엮어가던
여름 그리고 나

복더위 아랑곳 않고
하나 둘 꺼내는
아름다운 추억들

커피향

거리에서 진한 커피향을 마신다
다닥다닥 커피향
음악에 취해 사랑에 취해
사람들 고운 시선에 취해

즐기고 즐긴다
젊음으로 가득한 도시에서
근심 다 내어버리고
속닥속닥
커피향으로

기분 좋은 하루를
애인 같은 하루를
골목마다 진한 커피향으로
하루가 저물어간다

누가 바다를 알까

바다가 부른다
시원한 바람을 껴안고
놀자 한다 아주
수다스럽게
웃자 한다

전국에서 다 모인 해운대
걸치지 말고
다 벗어 던지라 한다

누가
바다를 알까
무수히 찾아드는 사람들
찾으면 찾을수록

어머니 같은
포근한 사랑
누가 바다를 알까

웃는 만큼 보인다

웃어라 웃어라
입가에 춤을 추듯
너에 이마에
땀방울 흐르듯

웃어라 웃어라
웃는 만큼
세상이 보인다

들판에서 부르는 소리

확 트인 가슴으로
넓게 펼쳐진 들녘을 바라본다

저 멀리 보이는
크고 작은 산들
묵시로 바라본다

들판에서 부르는 소리
찾는 자만이
들을 수 있는 소리

겨울 들판에는
인생을 노래하는
신비한 마술이 있다

마음으로 다가서는
봄을 기약하는 소리
들판에서 부르는 소리

쭈꾸미

길게 늘어진 몸매
무얼 그리 생각하시나요
다리 다리마다
식감을 자랑하고
입맛에 쫀득한 상념

건강에 좋다하지요
수다 떨며
후끈후끈 달아오르면
쭈꾸미 볶음 제맛이다

어쩌면 우리도
쭈꾸미처럼
산해진미 반열에 올라
찾는 이들
즐거움 주다 보면
제맛내는 사람 될 수 있을까?

갈대가 소리 없이 움직이는 건

지나 온 시간들 소중한데
시간 시간 속에서
무얼 하나요

시간은 지나고 보면
소중한 에너지

사람들은 저마다
지나간 뒤에
시간의 흐름을 기억한다
그리곤
그 시간 속에서
자유를 꿈꾼다

갈대가 소리 없이 움직이는 건
시간의 흐름을 기억한다는 것

열심 그 뒤엔

누구나 열심히
생각하고 나아 간다

친구들과 호호
질문하고 웃다가
시험보고 웃다
토론하고 웃다가

가르침과 배움은
열심이 있기에
가능하다는 것

열심
그
뒤엔
큰 기쁨이
더 큰 희열이

가을 설봉산에서

가을은 화가를 닮았다 했나요
오색으로 단장한 화사함으로
설봉산 자락을 그리고 있네요.

스치는 바람 따라 하나 두울 셋
귓전에 다가 선 소리마다
그리라 하네요
들으라 하네요

능선 따라 흐드러진 나무들마다
마치 수채화처럼
보는 이 오르는 이 마음마다
감사의 조건을 드리우고 있네요

가을 속의 풍경

수채화를 그리고 있다.
찾아온 가을

풍성한 들녘 새참 소리에
농부들 입가에 미소 머금고
똬리 위 새참거리
주인 찾아 신이 난다

저 멀리 산에는
울긋불긋 단풍
부지런한 다람쥐
풍요로움을 만끽한다

살 만한 세상이다

흐르는 세월
그 시간
어느덧

하나 두울
기억을 찾으면
반가운 세월
감사의 세월

그 안에 담긴
소박한 정들
바라만 보아도 좋을
그 세월의 흐름
살 만한 세상이다

보고 싶을 때
가끔 아주 가끔씩
시장에 간다

6부

세상 다 얻은
표정으로

행복 독서로 여는 세상

웃고 웃다
넌지시 주위를 둘러보며
기쁨에 겨워 사랑에 겨워
온 우주를 거울 삼아
나란 존재를 알아가는 중이다

쉼이 있고 대화가 있다
소소한 나눔도 있다
마음으로 안아 올리는 겸손함도 있다
꾸미지 않아도 누가 탓하지 않는
너그러움도 있다

한장 한장 들여다보는 길이 있다
속속들이 등장하는 사연들이 있다
긴 세월을 소개하는 마법 같은 진리가 있다

행복이란
어쩌면 아주 소소한 일상이다
내 손에 쥐어 잡은
한 권의 시집이 나를 바꾼다

눈이 호강하는 날

보고 싶을 때
가끔 아주 가끔씩
시장에 간다

골목 사이로 즐비한
야채며 생선이랑
액세서리까지
눈이
호강하는 날이다

보고 듣고 먹고 즐기다
시장 한 켠
새들의 천국
앵무새 따라 하기
아이들처럼
고개를 기웃거리며
낭랑한 목소리 흉내 대장
앵무새 장기자랑

웃고 즐기다 하루가 저문다
눈이 호강하는 날이다

버스 안에서

하늘을 본다
달리는 버스 안에서

저 하늘 어디에
도시의 불빛처럼
다정하게 다가 선
음악에 취해
조용히 책을 읽는다

퇴근길 버스 안
행복이라는
기쁨을 그린다

버스는 달린다
오로지 달릴 뿐이다
신나게 신나게

감사합니다

천 번을 들어도 좋은 소리
세상을 뒤흔들어도
일어 설 수 있는 방패
남편과 아내를 잇는 다리
모두를 사랑할 수 있는 힘이다

숱한 사연들 다 받아주는
날개 없는 천사
말만 해도 곱절로 복이 오는 소리
매일매일 기다리는 애인 같은
마력이다

사람을 바꾸는 스승 같은 존재
쓰면 쓸수록 기쁨이 자리하는
행복 덩어리
아침부터 저녁까지
쉴새없이 움직이는
나의 보디가드

감사합니다
오늘도

설렁탕 한 그릇

가끔씩 찾는다
잠 못 드는 밤에는

약식동원
약과 음식은 뿌리가 같다는
명언을 응시한다

즐겁게 먹는 자들
새벽 이른 시간에도
북적이는 사람들

말할 수 있고
즐길 수 있어서
감사한 설렁탕
한 그릇

TV를 보면서

추억이 그리울 때
티브이를 본다
지치고 고단할 때도
난 티브이를 본다
마음껏 소리 지르고 싶을 때
나는 여전히
티브이를 본다

야구 축구 탁구
때론 마라톤까지
즐긴다
또 즐긴다

가끔 채널 돌리다
알프스 스위스
히말라야 설산
캐나다 퀘백 주까지
언젠가 한번 쯤
그리고 싶은 추억

인생은 웃고 즐기는
시간의 연속인 걸

도드람산

타오르는 태양 아래
깊은 잠에서 깬다
산야는

부대낀 낙엽들이 떨어질 때
석양의 풍경도
어울림 한마당이다

길게 뻗어 올린
도드람산에서
인생을 노래한다
겨울을 준비한다지

나는 나그네처럼
호기심 어린 눈으로
산행에 오르는 이들

깊은 잠에서 깨어난 바위처럼
높이 높이 서 있다
어서 오라고
정상 가득 안아 올린다.

숲 향기에 젖어

산사에서 들려오는
은은한 목탁소리

잣나무 숲 사이로
살짝 내 비친
햇살에 피부가 웃는다

빽빽한 나무 사이로
눈을 들어 올린다

숲 향기에 젖어
자연을 노래하는
산사람이 된다

수업시간에

웃는다
질문하고 좋아서
세상 다 얻은 표정으로

묻는다
사건에 대해
문법에 대해
글의 흐름과 주인공에 대해
아주 초롱초롱하게

어쩜 저리 이쁠까
매 시간
매 순간
기대와 사랑이 넘치는
수업시간

오늘이라는 시간

명동거리 북적이는 사람들
무수히 걷는다
가득한 표정으로

백화점 앞 주차장
빽빽한 차들 쉴 새 없는
관리요원들
생동감 넘치는 모습으로

입시 준비로 새벽부터
바쁘다 표현할 기색도 없이
분주한 학생들

청와대 업무보고
밤 새워 작성하느라
여념 없던 사람들

오늘이라는 시간
소중하다
혼자가 아닌
우리라서
함께라서

영화관에서

북적거리는 주말
흐르는 침묵
스크린 향해

팝콘에 콜라
상기된 얼굴들
웃고 웃는 주말의
스트레스 해소

가끔은 영화 보며 달랜다
가슴 속 답답함도
시원스럽게 날려버린다

혼자라도
아니 둘이라도
상관없다
영화 속에서
이 순간만큼은

도시의 거리

불빛이 밝다
화려하면서도
살아있는 색채의 거리

빌딩들 간판 사이로
분주히 오가는 사람들
걷고 걷다가
찬바람이 코끝을 여밀 때
전철역 뒤
감자탕 생각이 난다

소박한 정으로
기쁨이 넘친다
도시의 거리

누구나 즐길 줄 아는
그들만의 포효
그들만의 기쁨이 넘치는
도시의 거리

겨울 문턱에서

스산하다 바람이
시샘이라도 하듯
볼 가운데 스미며
움츠리게 하는 날이다

행인들 모두
두터운 옷깃으로
겨울을 맞고 있다

겨울이지만
그 내면의 움직임은
다시
봄을 준비하고 있음을

이미지 변신은 하지 않는다
겨울의 맛
본연의 맛이다

겨울 문턱에 서서
세상을 본다
아주
아주 조용히

겨울산행

우리는 산에 오른다
백설이 정상에 덮일 때

희망을 품고서
삶에 지친 심신을 달래며
험한 산을 오른다

피곤하면 피곤할수록
에너지는 배가 되고
어머니 뱃속 정기를 받아
불끈불끈 오기로 오른다

둘이서
셋이서
삼삼오오
오르는 겨울 산행
오르고 오르다 지치면
고드름 줄기로
헐떡이는
목을 축인다

정상에 서는 기쁨은
세상을 다 안아 올린 묘미

아름답게 펼쳐진
풍광 속에 우리는
완전한
자유인이다

눈 내리는 아침

하얀 드레스처럼
밤새 소복이 쌓인
눈마당엔
벌써부터 아이들이 성화다

가로등 불빛 아래
까치 한 마리
눈 덮인 도시의 거리를
노래하고 있다

도레미파솔라시도
피아노 선율에 맞추어
음악이 흐른다
살짝
들어보라고

온 세상이
하얀 마음처럼
싱글벙글.

모처럼
활력이 넘친다

무엇을 하든
넓게 품을 수 있는
어버이 같은 아량으로

7부

사랑하라,
사랑할 수 있을 때까지

사랑하라, 사랑할 수 있을 때까지

아침에 살며시 눈을 뜨면
철새들의 웃음소리가 들린다

나를 사랑하고 기억해 달라고
사랑은 언제나 당신 옆에 속삭인다고
늦더위 여름 텃새들은 조잘거린다
마치 오래된 연인처럼

베란다에 피어있는 꽃들의 잔치
오늘 따라 기분 좋은
물줄기 곡예사라도 된 듯
세상 속 태양 빛 아래서
춤을 추며 노래를 부른다

사랑해 달라고
아니 더 사랑해 달라고
넌지시 두드리는 인격체처럼
아주 가까이에서 부른다
더 부르고 있다

내 생활을 보지 말고
상대의 음성에 귀 귀울여 보자
사랑할 수 있을 때까지

세세한 풀벌레 소리라도
사랑하라
인생은 사랑을 위한 여행이기에
사랑하라
사랑할 수 있을 때까지

너의 기쁨은 곧 나의 기쁨

사랑할 때
가장 아름답다 한다
사랑을 말할 때 너의 기쁨이
곧 나의 기쁨이기에
둘이서
한 마음으로 살아가듯

주는 만큼
받는다는 것
낙엽이 질 때도
순서가 있듯

서로에게 다가간다면
깊은 감사로
즐거움으로
얼마나 좋을까
너의 기쁨이 곧 나의 기쁨이기에

사랑하는 사람은 복이 있어라

사랑한다는 것은 아는 것이다
보이지 않아도 아는 마음이다
애써 꾸미지 않아도 예뻐지는 마음이다

사랑한다는 것은 주는 것이다
억지로 싸매는 것이 아니라
그저 감사해 주는 것이다

사랑은 어머니의 따스한 손길처럼
온 정 가득한 기쁨의 표현이다
사랑하는 사람은 복이 있어라

어느 곳에서
무엇을 하든
넓게 품을 수 있는
어버이 같은 아량으로
사랑하는 사람은 복이 있어라

하늘 그득히
무지개처럼

도전하는 자여 아름다워라

엄동설한이라 말하지만
배움의 열정에는 눈빛이 달랐다

저마다 재주를 지녀
과학 엔지니어
미래의 인재상
실사구시 정약용 학풍에
도전장을 내밀었다

미래의 역군으로 성장할
토실한 배움의 열정
그 안에 지금
청춘이 서 있다
내 아들이 서 있다

산을 산이라 부르는 이유

마음을 닮았기 때문이네
산을 산이라 부르는 이유는

살다보면 힘들지라도
지그시
감싸는 형세
그 장엄한 위엄

사람을 품을 줄 아는
놀라운 포용력에
그저
감탄할 뿐

산을 산이라 부르는 이유는
언제든 나를 반기는
마음을 닮은 까닭이네

행복이란

눈 뜨면 그립고
눈 감으면 생각나는
나눌 수 있는
대상이 있다는 건
행복이리라

가장 잘 헤아리고
가장 잘 이해하며
가까이서 지켜보는
사람들
진정
가장 큰
행복이리라

진정
기쁨으로 다가서는
얼굴 얼굴에
미소 진 사람들
행복하리라

행복이란
가까이 있는 것

우리는

세상을 향해 나아가는 동반자
험한 일이나
즐거운 날이나
함께라는 힘만으로
능히
헤쳐 나갈 수 있는
소중한 친구

우리는
행복에 겨워 눈시울이 뜨거워지는
사랑하는 사이
격려하며 나아가는
보물 같은 존재

우리는
길을 가다 시를 노래하는
묻고 또 물을 수 있는
선견자 같은 사이
나침반보다도 더 소중한
여행의 동행자
우리는

나를 바꾸는 힘

천리 길도 한 걸음부터
처음을 끝까지
유지하는 마음으로

잘하려 애쓰기보다
처음 마음가짐
그대로
끝까지 꾸준히

똑똑
낙수가
바위를 뚫듯

꾸준히 오로지
꾸준히

해바라기

곱구나 아주 멋지게
하늘을 향한 그대여

씨알씨알
여물어 쟁반처럼
아름다운 그대여

바람 따라 노래하는
속삭이는
한 여름 전령사여

그대가 있기에
하루가 기쁘다는 걸
하늘 귓전에
감사하나니

구름

뭉실 뭉실
떠다니면 친구들이
노래하며 놀러오겠지

바람
저 멀리 해님 얼굴
하늘 위 새
하얀 연기 뿜는 비행기 녀석
등 뒤에 지나가며
소리를 지르곤 하지

구름아 구름아
외롭거나 무섭지 않니!

아니, 시원하지
세상이 다 내 것인데

내 자리는
언제나
하늘 높이 노래하는
구름자리

눈 내리는 날

하얀 마음이
하늘에서 춤을 추어요
걸어가는 귓가에 대고
소복소복
전달해 주어요

마을 어귀에는
벌써 아이들이 모였어요
눈을 구르며
입가에 미소를 머금고
신나게 눈싸움을 벌여요.

지나가던 아저씨
엉덩이에 맞았어요
에끼 이놈들!
큰 소리 호통쳐도
아이들은
호호 하하

눈 내리는 날이에요

거울을 보며

달처럼 차올라 비추어야 할
곱고 고운 그대로의 너
직시하는 능력이구나.

타들어 가는 속내를 알 듯
비추라하네 내어 놓으라 하네
감추지 말고 드러내라 하네
능력자 거울 앞에서

겸손하라 하네
들여다 보라 하네
알아차리라 하네
받아들이라 하네

오늘도 거울을 본다
점 하나도 숨김이 없는
하얀 달처럼 고운 거울을

보고 또 보고
하루를 정리하는 거울 앞에서
세월을 노래하고 있다

웃어라

활짝 깃을 올린 새처럼
봄을 노래하는 꽃들의 춤사위에
웃음꽃이 피어난다

소담스럽게 담아 올린
아름다운 자태와 심성
가지마다 생동어린 기상으로
씩씩하게 웃고 있구나

모진 겨울 추위도
다 떨쳐버리고 이제
봄꽃들의 향연으로
음악에 맞추어 살랑거리는
봄 천사들이여

그대는 세상에서
가장 아름다운
웃음꽃 전령사임을

그대여

그대여
세상보다도 더 고운
천사보다도 더 아름다운
웃음 가득 담은
그대여

그대는 나의 태양
그대는 내 맘의 호수
우주보다도
더 크고 위대한 소유자
누가 사랑하지 않을까요

그대여
일하는 모습처럼
힘듦을 기쁨으로
승화할 줄 아는
그대여
세상이 뭐라 해도
어느 누가 알아주지 않아도
그대를 사랑한다면
나는

일상의 쉬운 언어로
소통하는 시인

이인환 (시인)

일상의 쉬운 언어로
소통하는 시인

1. 백세시대를 살아가는 예언자이자 실천가

칭찬은 고래도 춤추게 할 만큼 상대의 마음을 얻게 만드는 가장 좋은 무기이자, 대인관계를 좋게 만들어주는 최고의 윤활유다. 따라서 행복을 추구한다면 평소에 수시로 칭찬하는 버릇을 들여야 한다.

칭찬 중에 좋은 칭찬은 상대가 없는 자리에서 하는 칭찬이고, 그보다 더 좋은 칭찬은 글로 써서 공개적으로 하는 칭찬이다. 상대 앞에서 하는 칭찬은 노력만 하면 누구나 쉽게 할 수 있다. 하지만 상대가 없는 자리에서 하는 칭찬은 진심이 담겨야만 할 수 있다. 거기에다 글로 써서 공개적으로 칭찬하는 일은 진심이 없이는 더욱 하기 힘든 일이다.

그래서 우리는 내가 없는 자리에서 칭찬한 소리를 들으면 그 사람에 대한 호의를 결코 잊지 못한다. 말로 하는 칭찬도 그런데 글을 써서 공개적으로 칭찬한다면 어떻겠는가?

생각해 보라. 누군가가 당신을 글로 써서 공개적으로 칭찬했다면 그 기분이 어떻겠는가? 그 사람을 볼 때 어떤 생각이 들겠는가? 그야말로 뭐든지 다 해주고 싶은 생각이 들지 않겠는가?

우리가 〈소통과 힐링의 시〉 시리즈를 기획하면서 가장 염두에 둔 것이 바로 이 부분이다. 그래서 우리는 평소 "가장 가까운 이가 좋아할 시를 써야 한다"는 지론을 갖고 있다. 내 글의 일차적인 독자는 가족을 포함한 나와 가장 가까운 이들이기 때문이다. 어차피 나와 관계없는 사람들은 내 글에 큰 관심을 갖지 않는다. 그러므로 내가 가장 가까운 이가 좋아하는 글을 써야 그들이 좋아하고, 나는 글쓰기를 통해 그들의 사랑을 받으며 '소통과 힐링의 기쁨'을 누리게 된다. 그러면 주변 사람들이 내 글을 좋아하게 되고, 그 영향이 긍정적으로 퍼져 나가며 더 많은 독자들의 사랑을 받을 수 있을 것이다.

이런 내가 오세주 시인의 시를 보고 뒤통수를 한 대 맞는 것 같은 기분에 취한 것은 당연한 일이다. 그의 시들은 그동안 우리가 생각해온 〈소통과 힐링의 시〉와 정말 통하는 것이 많았다. 아니, 그의 시들은 이미 우리가 생각한 것보다 훨씬 앞서 있었다.

> 봄 햇살이 따스하게 감싸듯
> 우리집엔 봄처녀가 있습니다
>
> 세상 그 무엇과도 견줄 수 없는
> 보석 같은 얼굴
> 솜씨 탁월한
> 재주꾼이 있습니다
>
> 세월이 가도
> 늘, 웃으며
> 대해 준
> 고마운 사람
> 그 이름
> 아내입니다
> -'세상 그 무엇과도 견줄 수 없는' 중에서

혹자 중에는 오세주 시인을 아내 자랑이나 하는 팔불출이라고 생각할지 모르겠다. 하지만 괜찮다. 아내를 향한 진실한 사랑이 없다면 어느 누가 이렇게 아내를 위한 찬사의 시를 공개적으로 쓸 수 있으랴.

그것도 어쩌다 한번이 아니다. 참 많은 시들에 담겨 있는 아내를 향한 사랑의 표현이 정말 자연스러워 진심으로 자랑스럽기까지 하다.

얼큰한 뚝배기
마늘 쏭쏭 된장 과
사골국물에 찌개 준비
캬,
본인은 현모양처란다

그렇다 아내는
음식도
내조도 최고다
-'아내가 웃고 있다' 중에서

오세주 시인이 시를 쓰는 자세는 백세시대를 맞아 사랑표현이 서툴러 아내로부터 천덕꾸러기 취급을 받는 이 땅의 모든 남편들이 백세시대를 살아가는 소통의 지혜로 따라 배워야 한다. "사랑한다"고 수시로 표현하는 것도 좋지만, 이렇게 진심이 묻어나는 일상 이야기를 한 편의 시로 표현해 준다면 얼마나 좋겠는가? 아내를 위해서가 아니라 남편으로서, 한 집안의 아버지로서 가족의 행복을 위해 꼭 따라 배웠으면 한다.

쌀쌀한 날이다
추운 기색도 없이
아내는 외출을 한다

얼마나 흘렀을까
양손의 쇼핑 백
덥석 입어 보란다
따뜻한 겨울 잠바
- '괜스레 미안하다' 중에서

어떤 아내가 이런 남편을 사랑하지 않을 수 있으랴. 오세주 시인
의 시는 아내를 향한 사랑표현이 쉬운 언어로 일상과 연결되어 더
욱 자연스럽다.

우리 서로
접는 방식은 다르지만

조그만
손놀림
그 안에서

수건 하나의 사랑을 그리고 있다

-'수건 하나의 사랑' 중에서

수건 하나를 개더라도 접는 방식은 비록 다를지언정 서로 함께 마음을 나누는 자리를 갖는 모습이 자연스럽다. 일상이 행복하지 않으면 그 어디서도 행복을 추구할 수 없다. 단지 수건을 함께 개는 것만이 아니라 그것을 시로 표현함으로써 아내와 함께 하는 기쁨을 표현해주는 모습이 아름답게 다가온다.

시인은 시대를 선도하는 예언자이자 실천가라고 한다. 예언자와 실천가에게 가장 필요한 것은 용기다. 우리 시대에 아내자랑을 표현하는 것은 정말 큰 용기를 필요로 한다. 그런 점에서 오세주 시인을 우리 시대의 예언자이자 실천가라고 부르고 싶다.

백세시대의 행복을 위해서는 남편들이 변해야 한다. 예전보다 훨씬 오랜 시간을 함께 해야 하는 아내를 사랑하고, 끊임없이 소통하기 위해 노력해야 한다. 때에 따라서는 공개적으로 아내를 칭찬할 수 있어야 하고, 설사 팔불출 소리를 듣더라도 가정의 행복을 위해 아내에 대한 사랑을 공개적으로 표현하는 용기를 가져야 한다.

이제 오세주 시인이 용기를 내서 앞장섰으니 우리는 그 뒤를 따르며 함께 아내를 위한 사랑표현을 실천해 나가면 되지 않을까 싶다.

2. 우리 시대의 마음씨 고운 천생시인

'천생'은 사전적으로 '어쩔 수 없는', '하늘로부터 타고난'이라는 뜻을 갖고 있다. 그런 의미에서 나는 오세주 시인을 '천생시인'이라고 부른다. '어쩔 수 없이 시인이 되어야 하는 사람', '하늘로부터 타고난 시인'이라는 뜻을 담고 있다. 내가 보기엔 오세주 시인은 그 누구도 속일 수 없을 것 같은 큰 눈, 첫눈에 빨려들게 만드는 순박한 얼굴, 이야기를 나눌수록 묘하게 끌어들이는 향토적인 어투, 그야말로 '천생시인'의 모든 것을 갖추고 있다.

찬바람 불면

어머니는

산에 오르셨다찬바람 아랑곳 않고

뜨거운 입김 날리며

솔가지며 장작을 들어 올렸다

가녀린 등허리에

- '겨울 땔감' 중에서

시인은 결코 자신의 본분을 잊지 않는다. 스무 살 무렵에 먼 길을 떠나셨다는 어머니를 한시도 잊지 않고 삶의 든든한 뿌리로 간직하고 있다. 퍼내고 퍼내도 끊이지 않는 순수한 사랑의 원천이 무엇인지 알게 해준다.

> 아버지가 오셨다
> 아재네 벼 추수하신다며
> 서둘러 해질녘까지 옮겨야 한다며
> 주름진 얼굴에 땀방울 가득
> 아버지가 오셨다
>
> 가난은 부끄러운 게 아니다
> 정말 부끄러운 건
> 배우지 못한 것이다
> 입버릇처럼 늘
> 타이르시던 아버지
> -'아버지가 오셨다' 중에서

오세주 시인은 지금 어린이문고를 운영하며 아이들에게 독서와 글쓰기를 가르치고 있다. 가난보다 배우지 못한 것을 부끄럽게 여기라는 아버지의 가르침을 잊지 않고 끊임없이 자기계발에 힘을 쏟고 있다. 그 공로를 인정받아 2015년 대한민국을 빛낸 한국인상 대상을 수상했다. 어려서부터 아버지의 교훈을 잊지 않고 살아온 시인의 삶을 본다면 당연한 일이다. 누구보다 아버지에게 큰 자랑거리로 다가섰을 시인의 모습이 눈앞에 선하게 다가온다.

아버지는 밭을 일구셨다

눈만 뜨면 들에 나가

하루를 보내셨다

어머니도 오순도순

땅을 파며

노래를 읊조리셨다

줄줄이 자식 사랑

피곤함도 잊은 채

주름 진 얼굴로

껄껄

행복해 하셨다

-'아버지 어머니는' 전문

아이들 교육에서 가장 중요한 것은 솔선수범하는 자세다. 부모의 가르침을 그대로 따르는 것은 아이들에게 올바로 사는 것이 무엇인가를 보여주는 곧 솔선수범하는 것이다. 부모라면 누구든 자식이 잘 되기를 바란다. 따라서 부모가 하라는 대로만 하면 누구나 잘 될 수밖에 없다. 우리가 효도를 중요하게 여기는 이유가 여기에 있다.

오세주 시인은 부모님의 삶을 통해 효도를 배웠고, 그 효도를 실천하기 위해 부모님의 삶을 잊지 않는다.

내가 오세주 시인을 그야말로 마음씨 고운 천생시인이라고 부르는 이유가 여기에 있다.

3. 언제나 친구처럼 함께 하고픈 시인

맑다

순수하다

깨끗하다

늘

이렇게

사랑도

우리도

언제나

해맑은

시간들

- '눈' 중에서

'눈'을 눈일 뿐이다. 그 눈을 바라보는 시인의 영혼이 맑기 때문에 맑은 그림이 그려진 것이다. 그런데 '눈'을 이렇게 '맑고', '순수하고', '깨끗하게', 그것도 '늘 이렇게' 볼 수 있는 이가 얼마나 될까?

시는 곧 시인이이라는 말이 있다. 시에는 시인의 영혼이 깃들어 있기에 결국 그 영혼의 주인인 시인 자신이라고 볼 수 있다는 말이다.

'눈'이라는 시에는 '눈'을 맑게 바라보는 오세주 시인의 영혼이 담겨 있다. 고로 '눈'에 담긴 것은 곧 오세주 시인의 '맑고', '순수하고', '깨끗한' 영혼이라고 볼 수 있다.

깊게 사랑으로 수놓은

백설이 춤추며 노래하는

너의 숨소리에

세상은 아름다운 드라마를 시청 중이다

사랑을 속삭이고

기뻐 눈물을 전달하며

하얀 백지로 지나 온 세월을

희망으로 승화시킨

오늘 너는 행복의 주인공

- '아름다운 드라마를 시청 중이다' 중에서

세상이 아름다워서 아름답게 보이는 것이 아니라 세상을 보는 시인의 눈이 아름답기 때문에 아름답게 보이는 것이다. 세상살이를 '아름다운 드라마를 시청하는 중'이라고 생각하는 시인의 곁에 있으면 똑같이 아름다운 세상을 볼 수밖에 없어진다. 이 얼마나 축복받는 일인가?

세상이 힘들다고 인상을 쓰면 더욱 힘이 들 뿐이다. 어디 그뿐인가? 인상을 쓰는 부정적인 마음 속에는 희망이 싹 틀 수 없다. 차라리 세상이 아무리 힘들더라도 아름다운 드라마를 보는 것처럼 본다면 결코 손해 볼 것이 없다. 어차피 힘들어 한다고 좋아질 리도 없지 않은가? 그럴 바에야 차라리 밝은 마음으로 세상을 보면 적어도 그 순간만큼은 희망의 싹이 트기 마련이다. 그 싹이 뿌리를 내리고 꽃을 피우면 그것이 곧 세상을 아름답게 바라보는 삶의 결정체인 것이다.

막걸리 한 사발에
맥주 한 컵
입 냄새 풍기는 투정부려도
인생을 즐길 줄 아는
친구라서 좋다

간간이 소식 주고

얼굴 내미는 친구라도

그저

친구라서 좋다

- '친구라서 좋다' 중에서

나는 오세주 시인을 친구로 사귈 수 있어 좋다. 1960년대 중반에 태어나서, 가난한 농촌생활을 했다는 공통점이 있어서 그런지 그만큼 더욱 친밀감이 간다. 어디 그뿐인가?

행복하고 싶으면 행복한 사람 곁으로 가라고 했다. 나는 그와 더불어 그의 시와 함께 하는 자리가 정말 행복하다.

그래서 이렇게 말하고 싶다.

"행복하고 싶으면 행복을 노래하는 시인과 함께 하라. 시인과 함께 할 시간이 없다면 틈틈이 그의 영혼이 담긴 시집을 곁에 둬라. 틈틈이 펼쳐드는 그 순간만큼은 반드시 행복하리라."

4. 언제나 긍정적인 엔돌핀을 발산하는 시인

오세주 시인의 시는 매우 친절하다. 누구나 이해하기 쉽고 받아들이기 쉽다. 거창한 언어적 기교나 내세우는 듯한 시적 기교에 매

달리지 않는다. 정말 쉽게 술술 풀어낸 것처럼 편하게 다가온다.

그렇다고 오세주 시인이 시를 쉽게 썼다고 생각하면 오산이다.

그는 남들이 이해하기 쉬운 시를 쓰기 위해 누구보다 더 노력한다.

가슴은 타 들어가는데

저 멀리 출타한 착상은

돌아오지 않고 애태우는데

생각해서 쓸 수 있다면

애당초 시작하지 않았을 터

깊게 그려진 사색을 지나

마음으로 들이킨 내면의 실타래가

돌이킨 경험으로 승화되어

비로소 시를 짓는 것을

추억을 되씹다

고향을 그리다

어머니 인생 노래하다

동짓날 팥죽 한 그릇

눈물을 맛보았을 때

시를 짓는다

-'시를 짓다' 전문

시를 써본 사람은 안다. 머릿속에 시상은 맴도는데 막상 쓰려고 하면 '저 멀리 출타한 착상' 때문에 얼마나 애간장을 태워야 하는지. 그럼에도 불구하고 집중하고 몰입해서 어느 순간 '아!'하고 착상이 돌아왔을 때 그 기쁨을 누리기 위해 또 시를 쓴다는 것을.

나 역시 그러했고, 평생학습 현장에서 〈소통과 힐링의 시창작교실〉을 통해 만난 수많은 교육생들을 통해 그러하다는 것을 수없이 확인했다.

밤새워 고민하다 때로는 눈물도 흘리며, 힐링의 과정도 거치고, '아! 이거다!' 싶은 구절 하나를 잡으면 그 기쁨이 바로 표정으로 드러난다. 그리고 그 표정은 곧 주변 사람들을 기쁘게 하고, 그 기쁨으로 소통하다 보면 긍정적인 에너지가 확산이 된다. 오죽하면 한 편의 시를 완성시키고 난 다음 날이면 주변 사람이 사랑에 빠진 사람 같다며 "요즘 바람 피우냐?"고 물을 정도라는 것도 수없이 경험했다.

웃는다
질문하고 좋아서
세상 다 얻은 표정으로
묻는다
사건에 대해
문법에 대해

글의 흐름과 주인공에 대해

아주 초롱초롱하게

어쩜 저리 이쁠까

매 시간

매 순간

기대와 사랑이 넘치는

수업시간

- '수업시간' 전문

요즘은 무엇엔가 몰입해서 얻는 긍정적인 에너지가 엔돌핀을 발산해서 두뇌에 긍정적인 영향을 미쳐 행복지수를 높이는 데도 큰 효과를 끼친다는 연구결과가 발표되고 있다.

긍정적인 에너지의 원천은 호기심과 웃음이다. 시인은 '수업시간'에 아이들과 함께 하며 '질문하고 좋아서 세상 다 얻은 표정으로' 함께 하는 삶을 누리고 있는 시인이기에 가능한 일이다. 내가 오세주 시인을 '천생시인'이라고 부를 수밖에 없는 이유이기도 하다.

웃어라 웃어라

입가에 춤을 추듯

너에 이마에
땀방울 흐르듯

웃어라 웃어라
웃는 만큼
세상이 보인다
- '웃는 만큼 보인다' 전문

5. 초심을 유지하기 위해 노래하는 시인

　오세주 시인의 시는 우리의 일상이 희망임을 보여준다. 치열한
경쟁 속에서 삶의 여유를 찾지 못해 힘들어 하는 이들에게 진정한
행복이 어디에 있는가를 찾아보게 한다.

보고 싶을 때
가끔 아주 가끔씩
시장에 간다

골목 사이로 즐비한

야채며 생선이랑

액세서리까지

눈이

호강하는 날이다

- '눈이 호강하는 날' 중에서

　모든 것은 마음먹기에 달렸다는 말은 누구나 알고, 또 누구나 쉽
게 말할 줄도 안다. 요즘 아이들과 이야기를 나누다 보면 그들도 행
복은 마음먹기에 달렸다는 말을 쉽게 하는 것을 볼 수 있다. 그런데
문제는 아는 것이 아니라 그것을 얼마나 실천할 수 있느냐는 것이다.

　오세주의 시가 갖는 가장 큰 장점은 일상의 언어로 누구나 쉽게
이해할 수 있도록 구체적인 실천방안을 보여준다는 것이다. 가끔
시장에 나가 보고 싶은 것을 보는 것만으로도 '눈이 호강하는 날'이
라고 표현하는 것은 실제 삶을 그렇게 살지 않으면 힘든 일이다. 그
런데 오세주 시인은 이런 표현을 참 많은 시에서 스스럼없이 쓰고
있다. 그만큼 삶의 여유를 즐기고 있으며, 그야말로 시 같은 삶을
살고 있는 것을 보여주는 것이다.

　나는 이런 오세주 시인이 좋다. 결코 서두르지 않으며, 큰 욕심
부리지 않고, 일상에서 행복을 추구하는 순수한 삶을 만날 수 있기
때문이다.

천리 길도 한 걸음부터

처음을 끝까지

유지하는 마음으로

잘하려 애쓰기보다

처음 마음가짐

그대로

끝까지 꾸준히

똑똑

낙수가

바위를 뚫듯

꾸준히 오로지

꾸준히

-'나를 바꾸는 힘' 전문

　천재는 노력하는 사람을 따를 수 없고, 노력하는 사람은 즐기는
자를 따를 수 없고, 즐기는 자는 꾸준한 자를 따를 수 없다. 사람이
타고난 천성을 바꾸기란 쉽지 않다. 중요한 것은 무엇을 하든 꾸준
히 할 뿐이다.

나를 바꾸는 힘은 오세주 시인의 삶을 그대로 보여준다. 결혼하기 전에 품었던 사랑하는 마음을 수십 년 유지하며 끊임없이 아내를 위한 시를 써내려가는 힘도, 항상 흙과 더불어 사셨던 부모님의 삶을 노래하는 힘도, 언제나 긍정적으로 세상을 그려나가는 힘도 여기에 있다. 그만큼 그는 정말 믿음직스럽다. 믿음직스러운 삶을 살아가는 그마음이 영락없는 천생시인이다.

　오세주 시인은 앞으로도 꾸준히 누구나 이해하기 쉽고 금방 받아들일 수 있는 시를 쓸 것이다. 시인이 이슬을 먹고 사는 사람이 아니라 일상 속에서 사랑을 먹고, 사랑을 베풀며 사는 사람이라는 것을 일깨워주는 천생시인으로 남을 것이다. 일상에서 끈기있게 초심을 잃지 않고 끝까지 행복을 추구해 나가는 시인과 동시대를 함께 할 수 있어서 정말 기쁘다.

좋은 관계를 맺을 수 있어서 행복합니다

백세시대를 사는 요즘, 한 평생 같이 해줄 사람은 아내밖에 없기에, 아내의 사랑을 받는 것이 곧 세상을 다 얻는 것이라 생각해서 이렇게 용기를 내 봅니다. 어머니를 일찍 여읜 제게 아내는 정말 고맙고 사랑스런 존재입니다. 문학이, 글쓰기가 좋아 밤낮으로 고민할 때 샘솟는 영감을 안겨 준 것도 아내입니다. 팔불출이라 해도 저는 아내의 웃는 모습을 보면 세상을 다 가진 것 같은 기쁨을 숨길 수 없습니다. 그래서 시를 썼고 시를 통해 소통과 힐링의 즐거움을 맛보았고, 그 즐거움을 나누고자 책으로 엮어봅니다.

아이들과 책 읽으며 웃고 즐기고 글을 쓸 때 정말 행복합니다. 지금까지 저와 함께 해준 아이들과 학부모님, 그리고 저와 관계를 맺어온 모든 이들, 특히 한 평생 함께 할 아내에게 이 자리를 빌려 진심으로 감사의 인사를 드립니다.

이 순간 정말 행복합니다. 그동안 가까운 이들과 글쓰기로 소통하며 나눴던 기쁨을 이제 더 많은 이들에게 내놓아 봅니다. 모쪼록 누구나 쉽게 읽어주고 함께 해주었으면 하는 소망을 담아 봅니다. 아울러 이제 새롭게 작은 시집을 통해 저와 관계를 맺는 모든 이들에게 축복이 함께 하기를 기원드립니다. 감사합니다.

2016년 1월 말에 오세주